Uwe Hansen wurde 1938 in Hamburg geboren, wuchs in Elmshorn auf und fuhr im Anschluß an seine Schulzeit bis 1964 zur See. Danach war er bei der Hamburger Berufsfeuerwehr und von 1974 bis 1984 als ›Feierabend-Kommunalpolitiker‹ in der Bezirksversammlung Hamburg-Mitte. 1989 bewarb er sich erfolgreich auf die freie Position des Leiters des Ortsamtes Hamburg-Finkenwerder, aus der er 2003 in den Ruhestand verabschiedet wurde. Uwe Hansen lebt mit seiner Ehefrau auf Finkenwerder und ist Mitglied im ›Plattdeutschen Rat für Hamburg‹. Seit 1996 schreibt Uwe Hansen jeweils für die Sonnabend-Ausgabe die wöchentliche Kolumne ›Beten op Platt‹ in den *Harburger Anzeigen und Nachrichten*!

Uwe Hansen

Blots to Di seggt wi Se, Herr Paster

Quickborn-Verlag

Die plattdeutsche Schreibweise des Autors
ist weitgehend unverändert übernommen worden.

ISBN 3-87651-321-9

Umschlagabbildung: Axel Groehl, Hamburg
Gesamtherstellung: Clausen & Bosse GmbH, Leck
*Der Umwelt zuliebe
auf chlorfrei gebleichtem Papier gedruckt*
Printed in Germany

Inhalt

Mannslogik, Froonslogik!

Allns wat ik mol anfungen heff to sammeln, dor is dat bi den Anfang bleben. För mi is dat nix, mi johrelang mit een Gebiet to befooten. Respekt heff ik för all de Lüüd, de jümmer Sammelee so iernsthaftig bedrievt as Karsten Marquardt bi uns ut Finkwarder. De hett sik een richtiges Beerglasmuseum tohoopsammelt. Över 9600 Glöös stoot, feinstens in Reeg sorteert bi em in'n Keller. Wat een so allns över Beerglöös rutfinnen kann, dat hett he unsen Stammdisch vördroogen. Wi, Beerdrinkers alltohoop, hebbt fix wat liehrt. Un harrn denn jo ok een goode Utreed. Beerhistorische Studien! So, as he de Sammlung opboot hett un präsenteert, dat hett, meen ik, wat mit Mannslogik to doon!

Wat mien Inge is, de sammelt, anners as ik, so blangbi ok allns meugliche: Ulen in jede Form, ole Buddels in jede Grötte, un, siet veele Johrn, ok meist jedeen Stofffetzen de irgendwo över is. De Jungs un ik hebbt al frotzelt, wat se wohrschienlich irgendwann anfangt, eenen Schonbezug för de Köhlbrandbrüch to neihen. Dat hett ehr nich stört. Se hett wieder sammelt! Obers nu is se bobenop. Se hett nämlich dat Patchworken anfungen, »Un dorför«, seggt se, »kannst du gornich genoog Stoffe hebben!« Froons könt dat nahempfinden heff ik markt. Denn wehe, ik woog mool gegenöber vun een vun de Fründinnen blots een Wort to knurren! Vun wegen allns full hier un de ganze Wohnung Plünnloden oder so! Öberhaupt Froons un Neiheree, dat is jo woll een ganz besünneres Rebeet!

Dor hett mi annerlest een de Geschicht vun sien verpensioneerten Meister vertellt. De harr in sien eegen Kroom to Huus allns dörchsorteert, harr nu nich mehr recht wat to doon, un sik denn sien Fro ehrn Neihkasten vörnoomen wo se allns in sammelt hett, wat Froo so bruukt! He hett allns in de Reeg brocht. Knoop för Knoop, Nodel för Nodel. Wat sall ik seggen? Dat wür nich recht. De Froo hett ratz fatz ehr eegene (Un)-Ordnung wedder herstellt! Wat lehrt uns Mannslüüd dat? Froons hebbt doch een annere Logik!

Zivilkuroosch!

Teemlich oft hürt een jo, wat dat de Minschen in uns Tied an Zivilkuroosch mangelt. Sünnerlich wenn't dor üm geiht düsse to hebben, wenn wat Unrechtes in de Öffentlichkeit passeert. Man uns Fründin Helga is nu annerlest wat ganz anneres bemööt. Se, de as so veele Minschen obends nich giern alleen in de U-Bohn fohrn mag, müss dat an düssen Obend. Wenn ok nie nich veel passeert, so prickelnd is dat för een Fro in de Bohn twüschen Hauptbohnhoff un Mümmelmannsbarg jo nu ok nich. Un merkwürdig, dat woför Helga jümmers bang ween is, un worüm se obends ok eegentlich alleen nich Bohn fohrt, dat passeer nu.
So een richtiger Stinker vun Kierl, mit Beerdoos in de Hand, mök sik dat ehr gegenöber kommodig, liekers noch een poor Dutz annere Plätze free würn, un füng an, ehr vulltolabern. Wat schull se mooken? Se geev ierst fründliche korte Antwurten, denn ober keene miehr. Wat den Stinker nu luuder un ok een beeten vugrällt warrn leet, wo-

dörch Helga de Situation natürlich noch unangenehmer wür! Miteens ober keum dor een junge Diern, dwars dör den ganzen Waggon, sett sik blang ehr hen un froogt: »Hürt Se tohoop? Hebbt Se wat mit düssen Kierl to kriegen?« Un as Helga mit nee anter, kreeg de Kierl nu sien Fett! »Wat fallt di eegens in, du Stinker, hier Froons to belästigen? Verp.... di, ober gau!« Un de Kierl stünn tatsächlich op, un güng weg!

Uns Helga wür platt! Noch miehr ober, as de Diern säh! »So mütt man mit soon Kierls snakken! Dat möt Se sik marken!« Un as Helga meen: »Kann ik ober nich!« »Dat möt Se obers liehrn!« Gifft also doch noch Zivilkuroosch! Un wirken deiht se ok!

All snackt öber dat Wetter

Dat uns Finkwarder wat ganz besünners is, hebbt wi jo all lang weeten. Dorbin ünnerscheed wi uns jo ok nich vun de Wilsdörper, Horborger, Marmsdörper, Moorburger, Neegrobener, Fischbeker, Heimfelder, Sinstörper, Langenbeeker, Eissendörper, Neelanner, Wilhelmsbörger, Reiherstieger; ik hoff jo, ik heff nu nüms vugeeten.
Un wat sik ierst de Lüüd vun de Nurdenkant vun de Ilv so as Nienstedten, (bitte mit s un t, nich scht) oder gor Blanknees op jümmer vornehme Adress inbildt, dorvun wüllt wi hier gorne snakken!
Wi Finkwarders ober hebbt nu een luurlütjen Vördeel för alle annern un een Bewies, wat wi doch wat anneres – ik segg jo nich beeteres – sünd. Villicht hebbt ji dat all mol hürt! Wi könt uns nämlich, tominnst wenn wi NDR inschalt hebbt un wo wi ok sünd, bi jeden Wetterbericht frein un weet genau woan wi mit de Temperatur op Finkwarder sünd. Hüt morgen is mi dat wedder be-

mööt. 100 km weg vun de Insel, Autoradio, NDR, de Wetterloog un de Temperaturen Norddütschland: Fuhlsbüttel dree, Finkenwarder vier Grod. Nich Blanknees, ok nich Horborg! Finkwarder! Dat freit uns natürlich. Un segg nu blots nich, Hansen spinnt! Ik bün hier nämlich nich de eenzige de sik freit! Is doch wenigstens wat! Un een beeten bobento to »Scholle Finkenwerder Art«, de in ganz Dütschland op de Spieskorten steiht! Leeber harrn wi allerdings, dat endlich de Vukiehr ut uns Stroten rutkümmt. Denn so kunn wi giern op de Erwähnung ünner: »Und nun das Wetter!« verzichten.

Bedankt! Mit »Schleichwerbung!«

Dat Thema is aktuell düsse Doog! Un een mütt, glööv ik, Zeitungen, Zeitungsmooker un all annern de Medienlüüd vustohn. Nämlich, de sik för Dag dor üm quälen mööt, ehr Blatt mit goodes schrieben oder witzige Ideen för Werbung öber Woter to holln, is to Recht argerlich öber Werbung, de se uns klammheemlich ünnerjubelt. Wat dor bi eenige Anstalten passeert is, dat is doch so, as bi uns op Finkwarder mit Dreut Fisch. Wenn de fangt, slacht, in Sultwoter leggt, op de Lien dreut, heegt un pleegt ward un een Sleev vun Deev klaut jüm denn, jüst wenn se dreut sünd, vun de Lien! Liekers, nu mütt ik ok mol Schleichwerbung mooken! As Dank! För ehrliche Lüüd! Jo, de gifft noch! In düssen Fall in Uelzen. In dat lütte Restaurant in den wunnerscheunen Bohnhoff den Friedensreich Hundertwasser to een Kunstwark ummodelt hett! Wat is passeert?
Wi sünd dor hen, mit Frünnen ut Butenland! Würn al dör Uelzen tapert un denn dör dat Ge-

samtkunstwark vun Bohnhoff. Harrn runde Fööt, Döst un Hunger, dorüm Restaurant.
Un denn Mallör: Mien Inge ehr Portjemonnuntje bleev dor liggen. Paseert ehr sünst nie nich. Se is jümmer allerbest organisiert! Ober eenmool is ok jümmer dat ierste Mol! Wi keumen loot to Hus, wulln anner Dags wedder los, groote Sökeree! Un mien groote Stünn! Vun wegen, doch mol dat Restaurant in den Bohnhoff antoroopen: »Scheunen gooden Dag, Hansen ut Finkwarder, un nix för ungood, wi hebbt dor een Problem!« Ik harr dat noch nich seggt: »Ach, hallo! Se sünd de, mit dat Portjemonnuntje! Dat hebbt wi säkert un ophoben. Koomt se man wedder her.« Un so ward wi nu natürlich düt lütte Kunst-Restaurant in den lebennigen scheunen Wohlföhl-Bohnhoff in Uelzen nie nich wedder vugeeten! Un ok nich de ehrlichen jungen Lüüd! Schleichwerbung? Een dröff doch noch mol över Kunst snacken, oder? Wo wi jüst dorbi sünd: De Bohn is jo meisttiets keen Werbung wert! Man vun Horborg no den Kunstwark – Bohnhof Uelzen hen fohrt een blots veertig Minuten! Düsse Reis is dat Geld wert! Ober denkt an joon Portjemonnuntje! Nich alle Finder sünd so ehrlich as dat Restaurantpersonol dor!

De ole Seilmooker un sien Jungs

Ik glöv wat de öllste Fischer un Seilmooker vun ganz Dütschland op uns Siet vun de Ilv, hier op Finkwarder to Hus is. He is nu 93 Johrn old. Fischen deiht he ne miehr, obers he mookt jümmers noch groote Seils för Kutter un ok för lütte Scheepen. Dorvun hett he jümmers noch miehr Knööf in de Hann as manch een lütten Sesselpuper vun 20. Sien Snittmuster för de Toppseils vun een ol'n Kutter hett he op een Pappdeckel vun'n olen Kökenkulenner. Das Muster bruukt he, wiel dat so'n Topseil ut ganz veele smalle Striepens mookt ward, vun de Keeneen so tosneen ween mütt as dat Annere. Bobento sünd Seils för jedes Schipp jo so'n Ort Sniederantog. Also banni ünnerscheedlich.

Paul Seilmooker, so nömt em hier alle, bruukt för sien Ümreeknung vun dat lütte Muster op groote Seils blots Bleefedder un Papier. Un kann dat för een Traditionsschipp sogor noch in dat ole Moot,

de Hamborger Elle ümreeken! Mit 93! Dat is kuum to glöben.
Annerlest harr Paul mi öber sien Lebensgefährtin Inge dorto inlodt, mit jüm »un de Jungs« in een feines Hotel to eeten. Sien Jungs, dat sünd allns Mannslüüd in't Öller vun 70 bit 72. In'n Krieg müss Paul bi de Marine deenen un nahdem, dat se em sien Fischkutter in Frankriek versenkt harrn, wür he na Hessen versett. Dor geev dat een Seemannschool as Internat un »de Jungs« vun hüt würn 15 un 16 Johr un Seemannschöler. Paul hett jüm de Seemannschaft bibröcht. Na twee Johr, 1945, wür allns vörbi! Ober de Fründschaft twüschen de Jungs hett holln un irgendwann, hebbt se ok Paul, ehrn Seilmooker, wedder funn. Nu nimmt Paul as Ehrengast an jedes Treffen deel. Dat höllt em jung un mookt em Spoos! Den Krieg hebbt düsse Jungs gottlov nich mehr as Mariners beleeben müss. Hüt weet se, wat man jüm op de U-Beut insetten wull. Man jümmer Kamroodschaft, de hett holln un ok de Froons verstoht sik op allerbest! Paul hett jüm, buten Kopps, noch een feine Reed holln, un de»olen Jungs un jümmer Dierns« hebbt em so nipp tohürt as dat woll fröher ok ween is. Un ik heff dacht: Dat gifft goode Pädagogen, de nie nich studeert hebbt!

Ökelnaams mit Sinn

Een Ökelnaam kriegt jo meist blots Minschen. Man in de olen Stadtdeele vun Hamborg, dor geev dat för bestimmte Gegenden Beteeknungen, de een ok as Ökelnaam ankieken kann. In Hamborg Hamm, weet ik, hett de Gegend in'n Süden vun de Eiffestroot mol »Sinai« heeten.

As de ganze Wandrohm, dat is de Gegend, wo nu de feinen Spieker stoht, platt mookt wür, üm den Freehoben intorichten, schulln dor de Minschen hen. So mennigeen vun de feinen olen Hamborger Koopmannsfomilien harr sik bitieden mit dat Marschland op de Nordsiet vun de Bill indeckt, un üm to boon müss dor Sand op, ans harrn de Minschen jo natte Feut kreegen. Dorvun so hett dat denn lange Tied »Sinai« heeten! Bi uns op Finkwarder gifft ok noch so'ne Naams. An'n Audiek heet een Deel dat »Armenveddel«, wohrschienlich dorüm, wat dor ok de »Kaserne« wür. De »Kaserne« is dat ierste Mehrfomilienhus op Finkwarder ween un is nu ok all öber 100 Joahr old!

Wokeen hier op Finkwarder op de Lünborger Siet wohnt, dat is een »Chinees«. Keeneen weet worüm, ober jedereen vun de olen Finkwarders weet doröber Bescheed!

Gifft ober ok niegere Beteeknungen!

Annerlest heet mi een vertellt: »Ik wohn in dat »Regierungsveddel«. De wohnt in den »Damperblock«, glieks bi unsen Damperanlegger. Un blang dat Ortsamt. Öbrigens heet de Hadagfähr' hier jo ok noch jümmers Damper, so as Rudl Kinau em ok jümmers nömt hett! Liekers dat jo all lang hochmoderne Motorscheepen sünd! De Neeboogegend bi uns, wo de Hüüs stoht, de sik de Oolwarders in de söbentiger Joahr nee boot hebbt, ward – froog mi nich worüm – as »Schottenhügel« beteekent! Un dat Boogebiet dor blangan, dat een beeten sieter is, heet hüt noch »Tal der Tränen«, dorüm dat sik – as dat jümmer so is – leider veele junge Familien mit ehrn Husboo finanziell een beeten öbernomen hebbt! Ik much eegentlich giern mol weeten, ob dat annerwegens ok noch soone Ökelnomens för Gegenden oder Hüüs gifft!

»Goh mi aff mit Krüzfohrn!« …

… hett mien Klassenkamroodin Elke annerlest seggt. Wi harrn uns jüst ganz kommodig bi Rolf, dat is de Globetrotter ut uns ole Schoolklass, een Film över seine Antarktisreis ankeeken. De harr he mit een lüttes Passagierschipp mookt un hett dorbi veel to sehn kreegen.

Mit een grooten Musikdamper een Krüzfohrt mooken is jo in Mood komen. Ierst recht sietdem dat jo in dat Puschenkino meist blots twee Sorten vun Serien gifft. Nämlich Droomsheepen mit smarte un elegante Kopteins un Offiziers oder Krankenküüs, mit smarte, scheune Dokters un Süsters, de jümmers Tied hebt!

Nich dat nu Elke so een Vörstellung hatt hett! Man so een lütten beeten anners harr se sik ehr Reis no Florida un in de Karibik denn doch dacht.

Stellt jo vör, sä se: »2400 Minschen op een son lütt Placken as so een Schipp nu mool is. Un alle wüllt to de sülbige Tied freuhstücken oder to Obend eeten. Un in de lütten Hobens, wo man soeben een poor Dutz Fischerfomilien leevt, pedd se sik gegensietig op de Feut.«

Een Fohrt in de Everglades kunn een ok hebben. Hett Elke ok nomen. Man ok dat wür de 60 Dollar nich wert, meent se. »De grooten Propellers vun dat Fleegerboot mookt Larm und Wind för dull, dat Woter sprütt un sehn kannst du nix! Un as se dat Boot stoppt hebbt, kreegen wi man jüst een so'n luurlütjen Alligator to sehn. Nee, ik bün bedeent, goht mi aff mit Krüzfohrt! Vun nu an blots noch an de Ostsee!«

Ober se hett doch wenigstens eenmool beleevt wovun so veele Minschen dröömt. Keen kann dat all vun sik seggen?

Anroop ut Cincinanti

Güstern reep mi Axel an. Ut Cincinanti, Ohio, USA. Se schüllt dor nu leben und arbeiten, he un sien Fro. Nu gifft dat jo Minschen de telefoneert elkeen Dag in de ganze Wilt rüm. För de is dat nix besünneres, wenn se mol eben so ut Ameriko anroopen ward un sik dat anhürt as een Ortsgespräch. För mi hett dat jümmers noch wat vun Wunner, wat de Technik so meuglich mookt.
Natürlich bün ik ok all fröh mit dat Telefoneern bekannt worrn. Dat Lokol vun Oma un Opa, woneem ik opwussen bün, harr natürlich ok een Klönkassen. Man dat wür blots een eenzigen för de ganze Wirtschaft mitsamt de 32 Gästezimmer un de dree Fomilien mit de wi dor wohnen dähn. Un de halbe Nahberschaft leet sik ok noch över düssen Apparot anroopen. Vun dor, ut Elmshorn, na Hamborg anroopen, dat wür komplizierter, as hüt een Gespräch na Cincinanti Ohio, vun de Kosten mol ganz to swiegen.
As ik de Schooltied achter mi harr, wull ik toierst

as Funker na See fohrn, man de Berufsberater in dat Hamborger Arbeitsamt, harr de Ohnung wat düsse Beruf keen Tokumft harr. Recht hett de Mann hatt! Satelliten mookt dat meuglich, dat een vun öberall op de Wilt, telefoneern, faxen un computern kann. Mit de ole Morsetaste kann kuum noch een ümgohn. Un dat allns hett sik in weniger as veertig Johrn vuännert. Alleen wat wi dat hebbt beleeben dröfft, is doch een Grund, een beeten dankbor to ween für de Tied, in de wi leevt.

Ober sik klor to mooken, wat dat so is, dorto bruukst du as normolen Minschen mol so een Anroop ut Cincinanti, Ohio, USA. Un wo ik bi USA bün. Axel seggt, stimmt allns nich, vun wegen, de Amerikoners wüllt nix vun uns weeten vun wegen dat wi gegen den Krieg in'n Irak sünd. Is ganz anners rüm!

»Eenmol Bischkek un torüch!« ...

... hett uns Tähndokter annerlest in dat Infocenter vun de Bundesbohn an'n Hauptbohnhoff, to een vun de Dierns achter den Tresen seggt! Nich ut Schabernack, nee he wull dor würklich un worraftig hen. Bischkek, hett he uns vukloort, is de Hauptstadt vun Kirgistan un dat is een vun de niegen Staaten in'n Osten dicht bi Chinoh. Mol ehrlich, ik heff dat nich wüsst!

Nu ward de Fohrkortenverkeupers un Utkunftspersonen vun de Bohn jo foken nohseggt, wat se unfründlich un inkompetent sünd. Hett uns Kusenklempner ok dacht, as de Diern sik ierstmol an de Stirn tippt hett. Se feul sik woll vuäppelt! Man denn hett se froogt: »Woveel Urlaub hebbt se denn?« Un as he de Tied mit dree Weeken angeev: »Vugeet se dat, junger Mann! Se sünd nämlich veer bit fief Doog ünnerwegens bit se dor sünd. Un denn wedder trüch! Un ob dat in de Tied klappt, kann ik Se nich garanteern!

Se hett em denn noch empfohlen, de Reis mit een

Fleeger to mooken! Se wüss also nich blots buten Kopps över Bischkek Bescheed, woneem dat is, se wüss ok noch de Vubindungen mit'n Tog! Nu segg mi noch eenmool wat gegen de Bohnlüüd un ehre Informationen!

So een beeten erinnert mi de Geschicht an den olen Witz över den Mann, de mit de Bohn vun Hamborg Wandsbek na Peking wull. För den Mann hett de Bohnbeamte een Stünn lang de Vubindungen över Berlin, Moskau, Sibirien, Usbekistan oder dör de Mongolei seuken müsst. Denn müss he nochmool een Stünn lang den Pries för de Reis utreeken. Ober de Mann is ankomen! As he nu torüch wull, geiht he in Peking all mit son Bibbern, ob dat ok klappt, na den Hauptbohnhoff. He vulangt op ingelsch een Fohrkort na Hamborg Wandsbek. De Chinamann kiekt em groot an, seggt ierstmol nix un froogt denn ober: »Sil, (Sir) do you want (wüllt se) Wandsbek Malkt ol (or = oder) Wandsbek Galtenstadt?

De permanente Euroschwund

Irgendwat is doch anners, siet wi den Euro hebbt. Nich blots, wat eenige Priese so ganz stiekum no boben sett worrn sünd. Nich blots, wat nu dat 0,2 l Glas Rotspon in mien Stammlokol so düer is as in Supermarkt twee Buddels. Un ok nich blots, wat mol düt un dat an de Tanke dürer worrn is, vun den Spritpries mol aff!

Nee, elkeen Dag wedder wunnert mi, worüm ik düssen permanenten Euroschwund in't Portemonnaie heff. Nu bün'k dor achter komen. An't Lüttgeld liggt dat! Een Cent, twee Cent, fief Cent, tein Cent, twintig Cent, föfftig Cent un sogor noch de een Euro, dat sünd allns so lütte Geldstücken, dat du jüm gorne so recht op de Reeknung hest. Dorbi is jo al de lüttste Cent miehr wert, as fröher de Penn. Un hebbt wi nich seggt: »Wer den Penn nich ehrt ...!« Also is dat jo vullkomen vukiehrt dat Euro-Lüttgeld jümmers son Beeten minnachtig un argerlich ankiekst, wiel dat jo dien Geldbüdel so vull mookt.

Veele Husfroon hebbt dat jo al spitz. Ik mark dat jedenfalls, wenn ik in uns Spar-Markt an de Kass tööv. Wenn du al hörst: »Ik heff dat passend!«, denn, dor kannst op aff, müttst du wat länger töben. Denn geiht nämlich de Sökeree los! Een Cent, twee Cent, fief Cent und so wieder. Un oft is dat miteens denn doch nich passend!
Ober ik heff noch wat markt. Mien Euroschwund kümmt ok dorvun, wat ik jümmers to wenig een Euros un föfftig Center heff. Un so ward dat jümmers een düres: »Stimmt so!«, wenn ik mol in een Lokol bün oder wenn dat üm spendeern geiht!
De Fief-Euroschien is jo bannig wat wert un batz büst du wedder fast tein ole Märker los. Ober dor heff ik mi nu holpen. Ik heff mi bi de Bank een Rull vull Euros geben loten! Nu hett dat spendeern een End! Solang, as ik mit de Rull utkoom!

»Blots to Di seggt wi Se, Herr Paster!«

As Plattdüütsche kennt wi de Geschicht vun den Kuffermandenschöler, de »Du« to'n Paster seggt, dorüm vun sien Öllern beroopen ward un de Saak den annern Dag mit: »Blots to Di mutt ik Se seggen, Herr Paster!« in de Reeg bringt.
Mi is de Geschicht jümmers in'n Sinn kamen, wenn ik mit unsen kathoolschen Paster wat to doon harr. Dorüm, dat wi Plattsnacker, un sünnerlich op Finkwarder, jümmers teemli gau mit dat »Du« togang sünd. Un Helmut Tourneau, dat is so een Minsch, den veele so in ehr Hart sloten hebbt, dat se em giern as so een gooden Fründ harrn, to den se »Du« seggen dröövt! Man he is jo Paster, denn ok noch kathoolsch un denn ok al öller as de meisten Minschen, för de jümmer Seelen he to sorgen hett. Oder to sorgen harr. He is neemli lesten Sünndag vun sien Bischof in den seelsorgerischen Unruhestand vusett worrn. Ik kann di seggen: So vull heff ik uns kathoolsche Kark noch nich sehn! Un dat woll nich blots, wiel dat sien Fründ de Weihbischof Jaschke de Messe

zelebriert hett! Över dreehunnert Minschen sünd em to Ehren komen, as he na 28 Johrn ok Afscheed vun Hamborg nomen hett. Ünner de Deelnehmers veele Schutzlüüd, bit hen na de böbersten, un sogor de Hamborger Staatsrat Reimers, de jo ok mol Polizeipräsident ween is! Denn Pfarrer Tourneau is över veele Johrn een vun de beiden Hamborger Polizeipasturn ween. »Libelle drei« hebbt de Udls em dorför döfft un ok so nömt, wiel dat he ok bi jeden swierigen Insatz jümmers forts to Steed wür. Ok wi hier hebbt düssen Pfarrer to danken: Dorför, wat he uns de scheune katholsche Kark op Finkwarder open maakt hett för so veele Kulturveranstaltungen. Dorför, wat he dat Band twüschen de Karken noch faster knütt hett. Dorför, wat he so veele Minschen na Finkwarder bröcht hett. Un dorför, wat he siene Karkenböbern, as se düsse scheune Kark all opgeben wulln, obertügt hett, dat sowat ne angeiht. Un nu hebbt wi dor sogor een lüttes Kloster un een Klosterkark! Bi all dat hett he nie nich wat vun sik her mookt. »Glöövt se nich, wokeen se vör sik hebbt«, hett he mi schreeben, as ik em to dat Bundesvudeenstkrütz groleert harr! Een Minsch to den een eegentlich Du seggen much!
Pfarrer Tourneau is een Hochdüütschen. As he de Geschicht leest harr, kreeg ik forts een Fax mit düssen Text: »Ab sofort Du, lieber Uwe!« Wenn dat Modders noch beleevt harr!

Op de billige Tour!

Kuum schient de Sünn een beeten wat warmer, sünd se dor, uns Mini – Touris. To scheun: Op de billige Tour mit den Finkwarder Damper dat Wetter un de Ilv geneeten, in de Finkwarder Lokalitäten een dannige Schull oder een dannige Portion Stint wegneihn un sik denn noch een beeten de Fööt vupedden langs uns schöne Hochwoterschutzanloogen!

Nu hebbt wi jo ok noch een poor lütte Warften. Een dorvun is Hinni vun Cölln sien Fomilienbedriev siet över 230 Johrn! Klor, dat de Ploners vun Strom un Hobenboo op so een Bedriev achten möt, denn he sall jo noch een poor Generationen lang existeern. So is denn de ganze Schutzanloog ganz penibel üm de Warft ümto boot worrn.

Ober jüst nu föhrt een nietennogelniege Stroot achter de Diekmuur direkt op Cöllnies Warft un een Purt is noch nich dor vör. Un op de Warft liggt een Hadag Damper.

Annerlest löppt Hinnik öber sien Bedriev. Is Sünnobends, de eegen Lüüd sünd in't Weekenend. Man, wat mütt he faststellen. Op den grön-witten Damper deiht sik wat. Dor sitt doch worafftig Lüüd, bekiekt sik den Hoben, dat Schipp un wat sünst noch. Een kann sik dinken, wat Hinni dorvun höllt, wenn frömmes Volk op de Scheep rümturnt, de em anvertroot sünd! Dat jo ok ne ganz ungefährlich! Man op sien Froog an de Piepels, wat se dor woll to seuken hefft, keum de Gegenfroog: »Wieso, is düt hier nich de Damper no Hamborg? Wi hebbt uns all wunnert wat dat gorne losgeiht!«

Jo so kann de Minsch sik irren. Ober ik villicht ok. Denn düsse Story kümmt ut de Finkwarder Geschichtenköök. De een seggt so un de anner so!

Een Kunströveree in Oolwarder!

Ik heff för twee Joahrn den Hamborger Künstler Pit vun Friehling kennenliehrt, de so üm de tachentig Joahr old is. Een poor Weeken torüch reep he an un harr de Froog, wat ik nich mol kieken kunn, wat de Kapelle op den Karkhoff bi de Oolwarder Kark noch steiht. Un wenn jo, denn so wull he mi doch beeden, de Glasfinster mol to fotografeern, denn de harr he vör veele Joahrn mol mookt.

De Kapelle steiht noch, man mookt een truurigen Indruck. Un so as Fro Schwartau, de Küsterin vun de Oolwarder Kark, mi denn vertellt hett, ward se al lang blots noch vun de Gorners nutzt, üm dor jümmer Gerätschaften ünnertostelln. Un de Finster, sä se, de sünd all lang weg. Sünd all kort nahdem dat Oolwarder opgeben worrn is, in een Nacht utboot ween. Also klaut! Keeneen weet natürlich woneem se affbleeben sünd.

Mi hett dat bannig opreegt! Man mien olen Künstlerfründ hett de Weisheit, sik nich öber

Sooken optoreegen, de een sowieso nich ännert! In Gegendeel, he kreeg so'n Smustergrientsche un meen: »Denn hett dor doch wenigstens een Minschen Gefallen an miene Kunst funn!«

Man, mi hett dat Ganze doch wat nahdenklich mookt. Dor mookt sik een Kark oder de Stoot dat Können vun een Künstler to eegen, kümmert sik obers denn, wenn de Kunst, an de Steed wofför se mookt worin is, nich mehr bruukt ward, gor nich dor üm, wat dor nu vun ward. Un wiel dat nich passeert, hebbt Rövers de Chance, sik de Kunst to eegen to mooken.

Eegentlich müss man jüm jo noch dankbor ween, denn de Schieben de achtereran insett worin sünd, hebbt de Vandalen allesamt tweismeeten! Dat heet, wenn de Rövers öberhaupt weet, wat se dor hebbt un dat Kunstwark nich in irgendeen Kellerbar oder – noch leeger – in irgendeen Schuppen rümsteiht! Wat jo immerhin ok ween kann!

Also, wenn dor een wat vun aff weet, roopt mi doch an, för mienswegen ok anonym. De Vulag hett mien Nummer! De Künstler wür sik frein!

Goh mi aff mit Funeralmasters

Wokeen hett nu blots dat Bestattungsgewerbe, op de Idee bröcht? Dor stünn doch annerlest in uns Blatt, wat se nu in Westdüütschland een Diplom mooken könt un denn so dröft de Bestatters sik »Funeralmaster« nömen!

»Nu ward jo woll rieten!« heff ik mi dacht un heff mi sachs ierst mol mien olen »Longman« herkreegen, dat is sowat as de Duden bi uns, blots för ingelsch. De kennt so een Beruf all mol nich! Bestatters heet dor »Undertaker« un dat kannst för Plattdütsche eenfach un schön öbersetten mit Ünner(de Eer)bringer. För mienswegen, wiel wi jo op dat Rebeet bi Pietät un Takt sünd, ok mit »Bestatter«. Wo komt wi blots noch hen, wenn dat so wieder geiht! An't End heet de ool Modder Griebsch »Birthmasterfroo«, de Paster, de dat Kind döfft »Sky(Heeben)master«, de Standesbeamte »Ringmaster«, de Scheedungsrichter »Goodbyemaster«.

Jo, mi fallt een Barg dorto in, wenn ik mit de Lüüd

een Geschäft mooken wull, de unbedingt een Hauch vun Las Vegas in jede Zeremoney bringen wüllt! Mann oh Mann, dor heff ik doch eben »money« statts »monie« schreeben! Na, lot dat man so stohn! Jedereen weet jo, wat so een halfwegens ölliche Beerdigung nich billig is.
Ober mi langt denn, wenn dat mol so wiet is, ok een Paster oder een Pastorin un villicht de ole Orgel in de Kark oder dat all een beeten knorrige Harmonium in de Kapell op uns Karkhoff! Goh mi aff dorbi mi »Funeralmasters«! Weet ik, wat de sik noch infallen lot, beför dat se mi ünnerkleit!
In Las Vegas schüllt se jo all Elvis Imitatoren as Sänger hebben. Un de singt womeuglich bi mien lesten Gang, »Muss i denn, muss i denn …« mit düssen amerikoonschen Zisslameng-Akzent as besünnere Togoov!
Ik snack geern Ingelsch! Ober wenn dat mool toind is, will ik doch, wenn't geiht, boben op Wulk söben leeber een »Tschüß« hürn un nich »Bye, Bye!«

Nahberschaft mol so mol so!

Dat wür een feine Gelegenheit för praktische Nahberschaft, düsse Stromutfall in de anner Week: Sünndagnahmiddag, Klockentied so bi Fief rüm.

Allns richt sik op een gemütlichen Obend mit Film in de Glotze, een slliges Book, oder dat Blatt mit all de Neeigkeiten un de Radelns, de noch nich löst sünd! Miteens is keen Licht dor. Mi blifft de Videorecorder stohn un ik dink, nu sünd ok all de Biller vun uns lütt Enkel futsch. Bit ik mark, wat dat op de Stroot lebennig ward.

Alle Dörn open. »Bi ju ok? Ach so!« Timo hett all dat Handy in Gang, will Genaues. He is Nummer tein in de Störungslinie un kriggt to weeten: Dat kann noch wat duurn. Herbert vun gegenöber flachst: »Hansen, de Börgermeister, hett schuld!« Ik: »Klor hett he dat! Is jo för allns tostännig, ok för Gewitter!« So kümmt dat tohoop. Miteens sünd dat fief Mannslüüd. Jung un old, twee Rentners, Timo de Vusicherungsmann, Thomas vun de Horborger Kreissporkass un ik! Herbert harr de Idee: »Kunn jo ween, dat Beer ward warm! Lüüd, ik geev een ut!« Is denn meist een beeten loter worrn, in de Dämmerung. Ober wi weet nu natürlich wedder een beten miehr vun eenanner. Un vun de Geschichten de uns Hüüs an Diek beleevt hebbt. As dat wür, as de Lüüd freuher jümmers för de Dör seeten un klönt hebbt. Wat öbrigens uns Froons düssen Obend ok mookt hebbt, denn de Döns wür jo mit uns Beerdrinkers full. Ober ok Anna hett de Froonslüüd good versorgt! Un Herbert hett uns opklärt, worüm de Lüüd in de olen Tieden nich achter dat Hus in Goorn sitten kunn. Dor würn doch de Swienskobens, un de Konincken, de Messkuhl un dat Hus mit dat Hart in de Dör mit den Goldammer. Dorher ok de Oolwarder Ökelnoom »Ammelkackers« för de Finkwarders. Denn för jüm schall jo Giez all jümmer g... ween hebben, man se harrn ehrer Woterklosett as de Finkwarders.

Wat doch so een Stromutfall allns an Opklärung bewirkt! Mi hett dat gefulln. Un heff ok annern Dag keen Hoorbüdel hatt, vun dat Beer un den gooden Grappa! Liekers Herbert doch, as denn dat Licht wedder dor wür bi dat Tschüß meent hett: »Oha, ik glööv dat wür meist een to veel!« Ober Kinnings, so'n lütten Drink bi Stromutfall ünner Nahbers, dat is doch noch lang keen Superee nich! Oder?

De Müll-Beobachters!

Mehr vun Preußen! Dor över is in de leste Tied diskureert worin. Mol dorvun aff, dat ik den Indruck hefft, in düsse Diskussion meent meist jedereen een anneres Stück Preußen, so glööv ik doch, för veele stickt dor achter toierst: Se wüllt blots een beeten mehr Ordnung hebben. Jüm argert, wat wölke Lüüd eenfach jümmer Beerdosen, Mac' Donald Packungen oder Ex un Hopp Buddels, sünner dat sik een dorüm quäln deiht, in de Gegend smieten könt. Is jo ok wohr! Leider schient de Swienegels jümmern Krom blots jümmers anonymafftoseiln. Anners kann ik nich begriepen, dat ik sülms in de ganze Tied, un ik kiek jo – wüllt mol so seggen – fast amtlich, nie nich irgendeen dorbi foot krieg.
Wenn een sik ober mol de U-Bohn-Stationen bekieken deiht, denn so geevt de een ganz anneres Bild aff. Keen Papier, nix op de Perrons. Jedenfalls in'n Normolbetrieb. Dat kummt dorvun, dat dor een poor Lüüd mit beschäftigt sünd dor rein to

moken. So as dat fröher in Preußen ok wür. Nu froog ik mol: Könt wi uns eegentlich nich erlauben för düsse Arbeit, de jo würklich op de Stroot liggt, ok annerwegens een poor miehr Minschen intostelln? Schließlich gifft dat jo offensichtlich noch Lüüd, de för düsse Ort Tätigkeit nich överqualifiziert sünd, arbeitslos, un de villicht leeber sowat mookt, as op Stütze to leben! Un de mööt ok nich glieks wedder een ingelschen Naam hebben, so as annerlest de »Waste Watchers«, wat wörtlich översett jo »Müll-Beobachter« heet. Dor hett je woll een vun de jümmers politisch korrekten Fachbeamten nich dat Wort »Strootenkiehrer« bruuken wullt. Villicht is jüm schanierlich, wenn dor een för uns den Dreck weg mooken mütt! Hölpt ober nix! Vun Beobachtung alleen vurswinnt de Schiet nich! Un wegen dat hebbt düsse Mannslüüd ok Schüffel, Bessen un Mülltünns! Recht so. Blots een poor mehr Kollegen kunn se gern ween!

Een Brummen geiht dör't Land!

Mi hett wat interesseert. Eene vun de veelen Meldungen, de över dat Net oder de Tickers löppt. Eene, de een Redakteur för wert befunnen hett, se in't Blatt to setten. Ik snack vun dat Brummen, een ganz deepen Ton, den veele Minschen in Düütschland pausenlos hürt. Dat Brummen is nich to verwesseln mit den bekannten Tinnitus. Dat is een hoogen Ton. Mit düt Brummen is dat so: Keen Aas weet woneem dat her kümmt. Mol is dat dor, mol nich! Mol is dat in'n Süden to hürn un mol in Blanknees! Mol hürt wölke dat nachts un mol wölke an'n Dag. Ok is nich bekannt, ob sik dat nu echt üm een Geräusch hannelt oder ob dat Brummen blots in'n Kopp vun de Lüüd is, de een sensibles Ohr för deepe Töne hebbt.

Ümweltbehörden un Universitäten sünd all op Ursaaken ut! Un wi? Ratlos! Keen ganz normol hürt, de kann nich mitsnacken. Keen all bald een Hürgerät bruukt, as Minschen in mien Oller, ok nich. Deswegen dröff ik mi eegentlich gornich ünnerstohn, to seggen, dat ik ok wat vun Brummen vustooh!

Wenn ik mi Obends intensiv achter dat Blatt vukruup, to sülbige Tied noch Tagesschau oder Hamborger Journal ankiek un hür un Inge denn fraagt, wat ik woll ok een Tass' Tee hebben much, meent se jedenfalls oftins, ik schull ehr een vunünftige Antwurt geben. Un nich blots wat brummen! Wenn ik denn ok dink: »Ik heff doch dütlich jo!« seggt, denn so stried ik dat Brummen doch leeber nich aff. Sünst is de Obend nämlich hen! Vun dat annere Hoorbüdel-Brummen, wat ik as Jungkierl aff an mol hatt heff, mütt ik sowieso swiegen! Dor hett Inge mi tomools schon nich för beduurt!

Wat nu dat ominöse annere Brummen angeiht, so heff ik jo ierst dacht, dat ist so een Story, as de mit Nessie, dat Ungehüür vun Loch Ness. De dükert jo ok jümmers in'n Sommer op.

Man nu heff ik in't Internet keeken: Ünner »www. brummt.de« kannst du dor allerhand öber finnen un dat denn glöben oder nich! Een Wohrheit is gewiss: Vun de Börse kummt dat jo nu mol nich. De brummt all lang nich miehr!

Boben den Dood …

Morgen is wedder de Dag an den se bi uns, in uns Gedanken, ween schüllt; all de, de uns vöran gohn sünd. Vöran, wo hen? Dorför gifft dat veele Antwurten. Wölke de richtigen sünd, dat mütt jedereen mit sik sülms affmooken. Ik heff dor ok mien eegen Meenen, man will de, as so veele Minschen, för mi behholln.

För mi müss dat eegentlich keen Dodensünndag geben.

Ik mark neemli, je öller ik warr jümmers miehr, dat Vadder un Moder, Verwandte und Frünn un veele Minschen, de op de een oder anner Ort dicht bi mi ween sünd, jümmers noch in mien Gedanken sünd. Miteens dükert een Bild op, mütt ik an een Situation oder an een Snack denken, de mit jüm tosomen hangt. Un denn bün ik villicht een poor Sekunden bi jüm, villicht truurig, kann ober ok ween, ik bün een ganz korten Moment glücklich un dankbor wat ik düsse Minschen kinnt heff.

Ik kann ober begriepen, wat dat Minschen gifft, de dat nich so geiht. Un dat mag ok Minschen geben, de leevt hebbt un hebbt gor keeneen, de sik Gedanken mookt. Un dorför is dat sachs wohl good, dat gifft düsse offiziellen Gedenkdoog. Wiel, in Gedenken sitt jo dat Wort Denken. Un mookt dat nich Sinn, aff un an mol över Leben un Dood nahtodinken? Doröber, wat wi alltohoop dat Leben Sinn geben schulln? Wiel uns Tied jo irgendwann afflöppt. Un ok doch, wiel wi jedes mol, wenn wedder een Minschen vun uns gohn is, markt: »Wi harrn uns doch noch so veel to seggen hatt, un nu is dat to End un nu geiht dat ne miehr!« »Boben dat Leben, steiht de Dood, man boben den Dood steiht wedder dat Leben!«, hett Gorch Fock seggt. Gehürt to dat Leben nich ok, dat uns Dode noch solang dor sünd, as wi an jüm dinkt?

Wokeen den Cent nich ehrt!

Norbert, mien Sangesbruur, in de Leedertofel Harmonie Finkwarder vun 1863, seggt, he is dat leed mit dat ganze Lüttgeld in't Portemonnaie. He seggt: »Wi hebbt een Spoordoos opstellt. Dor koomt elkeen Dag allns rin, wat wi so an Lüttgild kasseert hebbt!«

Norbert hett toierst keeken, as ik sä, »Scheun dat ji jo dat leisten könt!« He hett dat ober richtig vustoohn. Denn he is een aktiven Gewerkschafter un Betriebsroot. Uwe, ok een Harmonist, is in de IG Chemie blots eenfaches un pensioniertes Mitglied. Man he ehrt den Cent ok. Wenn he nämlich in siene Nahberschaft för een beeten Ordnung sorgt un dat Papier, de olen Pandbuddels un noch so mennigeen Schiet ut de Wegmietgesellschaft tohoop sammelt un een ordnungsgemäße Entsorgung tostüert, bemööt em mennigmol, wat he ok een twee oder fief Cent finnen deiht.

Süh, un so een Ort vun Börgersinn ward belohnt. Denkt Uwe siet anner Week! Toierst fünn he nämlich bi de Sammelet tein Euro! Denn harr he sien olen Vadder nah'n Dokter in Hamborg fohrt un de Parkeerautomoot gifft em op twee Euro Fief Euro un föfftig Cent ruut, de Uwe inne Gang un bi besten Willen goarne wedder los warrn kunn, indem dat een vull automatisches Parkhus wür, mit wiet un siet keen Minschen bin! Denn hett he noch mol fief Cent funn.

Nu endlich glööv he an een Glückssträhne, is na den Lottoloden hen, hett etliche Reegen utfüllt, un Sünnobends op de Tallen luurt: Ober dor is nix vun worrn! Anschiens is för dat groote Glück een annere Fortuna tostännig.

De Küst föhlt mit

Wenn een Meldung mit de Öberschrift »Tragödie im Atlantik. Hamburger Kutter gesunken« op de ierste Siet vun't Blatt steiht, denn markt een, woveel Verbundenheit de Minschen bi uns an de Küst noch mit de See un de Seelüüd hebbt. Wenn sik dat um een HF-Kutter hannelt, föhlt sünnerlich veele Minschen hier op Finkwarder mit, ok wenn dat Schipp all lang nich mehr richtig op Finkwarder to Hus wür.

Denn ward doröber snackt: Wokeen den Kutter hett boon laten, woneem he boot worrn is, un wo dat angohn kann, dat he »man bi eben acht« ünnergohn is. Bi eben acht, wo he doch in de Nordsee veel dullere Störms affreeden hett!«

Lüüd, de bewusst un giern an de Küst wohnt un sünnerlich de Fischer, hebbt een besünnere Oart vun Verbundenheit. Se kennt dat Geföhl, dat sik breed mookt, wenn op een Slag tein Fischer bleeben sünd. Un noch wat leust so een Ünnergang ut, wenn een so'n beeten doröber sinneert: Een

Schipp, dat nich opliggt, is noch jümmer wat Besünneres. Is nich blots Arbeitsgerät oder blots Hus. Hett Leben in sük. Wenn een Schipp ünnergeiht, hebbt veele dat Geföhl, dütt Schipp, düsse Kutter mit all sien Geschichten, mit allns, wat sien Besatzungen mit em beleevt hebbt, de is nu nich miehr. Gewiss, de Versicherung gifft Geld, un de Eegendömers könt sik een nieges Schipp boon; man dat is eben nich düsse HF544!

Op Finkwarder, so as woll överall an de Küsten, sünd de Fischereenummern nie tweemool vergeben worrn. Nu mag manch een Leser denken: »Wat mookt he sik so veel Gedanken? Unglück op See ward doch jümmers geben!« Is so! Man ik dink an mien Fohrenstied. Un mi geiht bi so een Nahricht jümmers dat Gedicht mit den Satz »Junge, nehm de Mütz mol aff!« vun Gorch Fock nich ut den Sinn.

Een Begegnung in de Küll

So recht schient dat – jedenfalls in de ierste Week na Beginn vun't Vörjohr – noch nix to warrn mit Sünnschien un mit: »Weg mit Pullovers un anneres Wintertüch!« Allns hofft jetzt op düt Weekenend.

An allermeisten sünd jo woll de Minschen to beduurn, de ut ganz warme Gegenden na uns herkomen sünd. So as de nette junge Fro mit de blauswatten Hoor un den bräunlichen Teint, de mi annerlest in de S-Bohn bemööten de! För Küll ganz beberig steeg se in, keum gegenöber vun mi to sitten un reev ehr Hann' warm. Man liekers harr se noch een strohlen Lächeln öber för mi, as ehrn Gegensitter, un se meen: »Cold!« Wat een as Plattsnacker jo forts vusteiht! Heff denn ober liekers erstmol ingelsch mit ehr snackt. Wiel, so een fründliches Lächeln, dat lodt di doch so richtig in, een beeten to klönen. Achteran hett sik rutstillt, dat harr gorne op ingelsch neudig ween. Se kunn ok ganz good Düütsch. Harr ok jüst een Computerjob kreegen un wür nu so richtig tofreeden mit sik un de Wilt. Wenn blots de Küll nich wür! Miteens müss ik utstiegen un harr doch noch so veel froogen wullt. Nu mütt ik jümmers an düsse Begegnung in de Küll twüschen Winter un Vörjohr dinken. Un doran, wat de junge Deern nu sachs woll noch duller as wi op dat Vörjohr teuft! Wat mi noch to dinken gifft is: Har de Deern nich so glücklich ween un mi anlächelt un »Cold!« seggt, denn har ik jo ok wat vermisst. Se hett mi, een Frömden för ehr, deelnehmen laten an ehr Glück!

Kann di eegentlich an een griesen un kolen Dag Beeteres passeern? Beleevt wi sowat överhaupt nich veel to selten ok mit düütsche Landslüüd? Un wat ik noch jümmers dinken do is: »Hoffentlich hett se dat jümmers blots mit fründliche Landslüüd vun uns to kriegen! Un hoffentlich löppt se nie een vun de dummbatzigen övern Weg!« Dormit se nie nich markt, wat dat för Butenlanners bi uns mitünner ok in'n Sommer kold ween kann!

Allns op ingelsch!

Annerlest heff ik an'n Bohnhoff in Lünborg wat Nüdliches sehn. Leider mol wedder op ingelsch, de Spraak, de ok ik giern heff un giern snack. Man, möt wi öberall dor, wo wi to fuul sünd uns sülms wat Witziges uttodinken ingelsch to Hölp nehmen? »Kiss and Ride« steiht op dat Schild an den Bohnhoffsplatz. Dat sall bedüden: Hier dröffst du mit dien Auto man eben so lang anholln, as dat duurt, eenen Adschüsskuss to geben. Un wat mookt egentlich de, de jüst sien Chef oder de Chefin na de Bohn bringen mütt, oder een Person de he nu goarne lieden kann, oder een Fro de blots Froons oder een Mann de blots Manns küssen will, un hett een vun de annere Hälfte no de Bohn bröcht?«

Lünborg liggt jo in Plattdüütschland. Ik slag dorüm mol för, een anner Schild optosetten, un dor kunn op stohn: »Segg Tschüss un fohr weg!« Ober wokeen hürt al op mi!

Wo wi jüst bi de Bohn sünd: Annerlest stoh ik an

de S-Bohn un tööv. Achter nu een interessantes Plokot, mit dat sik een Grafiker förwiss een Barg Meug mookt nett. Op dat Plokot een Stempel: »Aushangsberechtigt bis: 6. März« Dat Plokot hett also »Berechtigung«! Un nu stell ik mi jümmers den armen Minschen för, de dor irgendwo in een Komer in een »Düütsche Bohn«-Direktionsgebäude sitt, un den ganzen Dag lang Plokote för de veelen Stationen un Bohnhöff stempeln mütt. Na, is jo villicht beeter, as dat he oder se woanners stempeln geiht. Un wenigstens is de Stempel jo nich op ingelsch! Annerlest heff ik an de Küst mit Oldtimer- un Hobbyschippers snackt. De möt nu ok op ingelsch studeern. Wiel dat sik de Eurokraten utdacht hebbt, wat dat Bedrieben vun een Funkgerät op een Schipp sowat vun Europawichtig is, dat mütt regeleert warrn. Un dor geheurt nu mol ingelsch to! Ok wenn du blots op de Ilv in Plattdüütschland ünnerwegens büsst mit dien Schipp. »Un wenn du de Verordnung lesen deihst«, hett den een in dat Schippereejournal schreeben, »denn kannst du op de Idee komen, Scheep sünd blots noch dorför dor, Funkgeräte to transporteern!« De Minsch hett ingelschen Humor, dücht mi!

Spezies Nattrasierer

»Goh mi aff mit Klingen!«, seggt mien Inge jümmers, wenn mi mol wedder de Klingen utgohn sünd. Se hett Frust dor öber, wat dat jo jedes Mol wedder de vukiehrten sünd, de se köfft hett. Un recht hett se! Wi Manns find uns jo sülms ne miehr trecht dormit. Dat gifft dubbelte, dreefache, swingende, faste, klassische un wat weet ik noch för wölke. De Rosierapperaat, een Stück, dat bi Vadder un Opa noch een Leben lang holln hett, is all lang Nebensaak worrn. Een Artikel, den se di nahsmiet, blots dormit du annermool wedder een niege Sorte vun Klingen köpen müttst, de op keen annern Apperaat passt.
Jo, düsse Klingenkonzerne sünd plietsch. Mitünner versöcht de een oder annere Drogeriekeed sowat äs Universalklingen to verkeupen. De sünd bannig wat billiger. Man dat duurt gorne lang, denn is dat dormit ok wedder vörbi un du sitts dor wedder mit an, wenn du to de Spezies »Nattrasierer« geheurst.

Annerlest bün ik mit mien Leedertofel in de Klingenstadt Solingen ween. De öllste dütsche Männergesangsvureen harr inlodt. 200-jähriges Stiftungsfest. Sponsoren, wo kann't in Solingen anners ween, Klingenmookers. Gastgeschenk: Ganz dulle aerodynamisch gestylte Rosierer mit dree scharpe »Rosierköpp«, de sik »so sanft äs Modders Hand ober Babys Huut« ober de Stoppeln her mookt – un batz, büst trecht dormit. Een Pokeet mit Reserveklingen geev dat hoben to. Annerlest müss ik Inge dormit behelligen, niege Klingen to keupen. Un denn ierst hebbt wi markt, dat wi echten Luxus schenkt kreegen hebbt. Denn de Dinger wür so teuro worrn, dat du för söss Poketen dorvun all een öllichen Elektroapperot hebben kannst. Ik oberlegg mi dat mit dat natt rosiern noch mol!

Dat Gewürz to Greunkohltied!

Een kann sik dat kuum denken, ober dat gifft ok Lüüd de sik schütteln könt, wenn se blots an Greunkohl as Eeten denkt! Mien Swoger ut England is so een Bispeel. Vun em heff ik lehrt, dat de Engländer den greunen Kohl blots as Koninkenfoder kennt! Ob dat nu för dat ganze ingelsche Keunigriek so is, weet ik ne so recht! Kann ober ween! Bi uns jedenfalls is de Greunkohltied doch sowat as een föffte Johrstied. Un mit mi freit sik veele annere dorop.

Dreemol müss ik in korte Tied Greunkohl eeten. Den Cholesterolspeegel lot ik leeber erst wedder in 'n Januar testen! Wat mi an dat Eeten so begeistert is, woveel vuschiedene Sorten vun Tobereitung dat för düt eenfache Gericht gifft. Jedes mool is een wedder gespannt, wat dor op den Disch kummt! Un meist jümmer ist dat lecker! Un denn geheurt jo unbedingt de Köm achteran dorto! Dat weet sogor Inge, de mi sünst jümmers so in de Siet knufft, wenn ik nich nee segg, wenn een partuh eenen Sluck utgeben will!

De Greunkohlbruuk kümmt gewiss vun ganz freuher, as de Winter bi uns noch richtig kold ween sünd un dat Arbeiten sworer wür. Hüt, so hür ik nu all vuschiedene Dokters, schulln wi dat man leeber loten!

So is dat: Allns wat Spoos mookt wüllt se uns vubeeden un dat wat blifft un nich vuboden is – to eeten, meen ik – mookt keenen Spoos.

Dorbi stried sik de Mediziners jo jüstemang ok mol wedder öber Cholesterin, un ob dat nu wirklich so schädlich is? Wat schall een nu dorvun holln? Hett villicht de Gast recht, de annerlest bi Greunkohl, fetten Speck, Kohlwusst un Kassler seggt hett: »Cholesterin is ok een feines Gewürz?«

Dor nich för!

Annerlest is een jo wedder bemööt, dat scheune Hamborger: »Da nich' für!« – Op Platt: »Dor nich för!« – Wi schulln dat öfter mol gebruuken. Dat is för un bi uns jo sowat, as dat »You are welcome«, wat de Lüüd in England oder Ameriko seggt, wenn een sik för so een lütten Gefallen bedankt. Worum se dat so seggt, weet ok keeneen.
Denn wenn du di dat öbersetten deihst, denn heet dat jo »Du büsst mi willkomen«. »Dor nich för«, dat is noch een beeten direkter un fründlicher. Hett jo ok jümmers een Soforteffekt. To'n Bispeel, du jachterst achter een Bus ran, de will all losfohrn, man de utsloopen Fohrer stoppt noch gau mol. Du seggst, ganz pustig, »Scheunen Dank ok« un he: »Da nich für!« Denn föhlst du di doch glieks ganz anners. Weniger schuldig dorför, wat du villicht een beeten to loot komen büst.
Oder jüstemang, as mi een fründliche Sekretärin anreep, vun wegen de Korten för dat Ohnsorg-Theoter, de ik natürlich mol wedder veel to loot

bestellt harr. Wat se mi de Korten, wiel dat jo man blots noch twee Doog hen is, nich beeter an de Privotadress schicken schull, wiel, op de Post is jo nich so dull Verloot di to, meen se. För so veel Opmerksomkeit kannst di doch blots, mit een lütt slecht Geweeten, ganz hartlich bedanken. »Da nich für«, seggt se. Un glieks föhl ik mi wedder beeter.

Also Lüüd, ik mok mi risch dorför; dat wi düsse dree Wöör jümmer un jümmer wedder gebruukt. Ok wenn sik de Germanisten un Sprookexperten noch so dull schüttelt. De schüllt uns doch ierst mol verkloorn, wo de vukiehrte Wortsstellung her kümmt. Un wenn sik nu, ganz tofällig, een för düsse lütte Betrachtung bedanken much, denn segg ik: »Dor nich för!«

Den »lütten Mann« in'n Mund

Dat is ne mihr lang hen, denn so hebbt wi wedder Wohl. Wokeen vunünftig is un een gooden Demokroot, de geiht jo ok los un wählt. Liekers een dat jo so mennig mol swor ankümmt. Dorto wull ik nu mol een poor Lüüd wat in't Stammbook schrieben, wat mi all lang in'n Kopp sitt. Un villicht kann dat een, de ok siet veele Johrn wat mit Politik to doon harr, beeter as een, de »man blots« Wähler is.

Wat mi jümmers wedder kruupen ward is: Wenn wi de Kandidaten, de nu wedder in unsen Bundestag un an de Regeern wüllt, so toheurt, denn snackt se oftins, eendoon vun wölke politische Kulöör se ok sünd – vun den »lütten Mann«, mennigmool snackt se dann ok vun den »lütten Mann op de Stroot«. Mol dorvun aff, wat se dormit jo öberseht, wat tominnst de Hälfte vun uns Bevölkerung keen Mann is: Mi fallt denn jümmers un forts ok in, wat dor all wedder een vun de Politikers snackt, för de dat Lütte un Groote gifft.

Denn wo Lütte sünd, möt jo ok Groote ween. Anners stickt in so een Beteeknung jo keen Sinn bin.
Un wokeen un woneem, fraag ik mi, meent de Snacker, schüllt denn nu de Grooten ween? Wo doch in uns Grundgesetz un de Vufaatens vun alle Länder steiht, wat ›vun dat Volk‹, uns alltohoop also, de ganze Stootsgewalt utgeiht. Un dat wi alltohoop gliek sünd för dat Gesetz! Wenn dat so is, meen ik jedenfalls, gifft dat twors wölke, de op Tied vun uns de Macht dorför kreegen hebbt, ober de Gesetze to wachen, optopassen, wat Manns, Froons, old un jung, to ehr Recht kümmt, dat Eegendom schützt ward, ober ok vuplichten deiht! Man dat gifft keene Lütten un keene Grooten. Dat hölpt nu mol nix, un dor mööt ok Politiker sik an geweuhnen.
Is jümmers noch een Privileg, in een demokratisches Parlament oder Mitglied vun de Regierung to ween, mit allns wat dormit vermookt un, tominnst vun mi, ok gönnt is. Un veele vun de Froons un Manns, de dat Privileg hebbt, arbeit flietig un hatt för uns. Schall allns anerkennt warrn. Man keeneen vun jüm schull to sülbige Tied glöven dössen, wat he dorüm alleen all »Groot« is oder gor »Grötte« hett. Un dorüm heur ik jedenfalls besünners de Politikers ganz nipp un nau to, de den »lütten Mann« in'n Mund feurt.

In't Glashuus

Wokeen in een Glashuus sitt, de sall nich mit Steen smieten. Irgendeen öffentlich Bedeensteter ward sik in düsse Geschicht woll wedder kennen un villicht beus mit mi ween. Mookt nix. Denn markt he nämlich ok mol de Saak mit dat Glashuus. Un ok, wat dat Publikum sik bannig argert, wenn een, de dor binnen sitt, anfangt to mit Steen to smieten. Sünnerlich, wenn sien öffentlich betohltes Arbeitstüch em äs Stootsbedeensteten utwiest!
In'n Supermarkt wür fast Meddagstied. Offensichtlich harr sik de tweete Kassiererin mol een lütten Foffteiner günnt. Villicht för een Zigarett oder een Koffie oder för een ganz normoles menschliches Bedürfnis. Folgedess harr sik een lange Slang an de annere Kass opbuut. Nu fangt denn utgereekent een Minsch, männlich un mit een West an, de äs Egendoom vun Hamborg utwiest is, to lamenteern un mit de Kassiererin to meckern. Se entschuldigt ehr Kollegin ganz ollich. Harr de Kerl man nu den Sabbel holln! Hett he

obers nich. Sünnern kiekt sik mit so'n Blick: »Ik mook dat hier mol klor!« na de annern Lüüd um, mookt sik risch un bullerballert los: »Mütt dat denn utgereekent nu ween?«

De Kassiererin wür ober ne bang. Se harr een Anwurt paroot, mit de he woll nich reekent harr. »Jo, mütt ween! Oder etwa nich? Blots dormit se gemütlich in ehr Deensttied hier inkeupen könt?« Un forts harr se de Sympathie vun alle Froons un Rentners ümto op ehr Siet. So kann dat gohn! Ok Deenstklamotten könt een Glashuus ween!

Mannslüd un dat Gedächtnis

Een Oktopus, dat is düsse Fisch mit acht Tentakels, hebbt se bibröcht, een Marmelodenglas vull Fisch optomooken. För dat ierste Glas hett he lang bruukt, ober dat achte kunn he denn schon in acht Minuten opdreihn.

Dat is een Bewies, seggt nu de Biologen, wat dat Diert een goodes Korttiedsgedächtnis hett. Se hebbt ok faststellt, he wür na een paar Dag nich mehr kapobel, in de sülbige körte Tied an den Fisch ran to komen. He müss allns vun vörn an wedder lehrn.

Bi mi is dat, schiens, ganz anners. Ik (un wenn't na de Froons geiht, ok veele annere Mannslüd) heff een ganz leeges Korttiedsgedächtnis: Dat mookt mien Inge ganz fünsch, wenn wi, blots mol as Bispeel, mit Auto loswüllt un ik fang an, den Slötel to seuken. »Eben heff ik em doch noch hatt!?« – »Du nu wedder!!!« seggt se denn. Un denn kummt dat utdrucksvulle Swiegstill. Wat ober nix hölpt, de Slötel is liekers nich dor! Wenn he sik

denn anfunn hett, dor wo ik em ut de Hand leggt heff, mol seggen op dat Waschbecken, kiekt se blots minnachtig.
Op de Fohrt ober geiht de Predigt los, över de Mannslüüd un ehr slechte Savvybox (dat Gehirn). Recht hett se jo villicht. Vugitt ober, dat de Minschheit allemol blots överleevt hett, wiel de Manns so een goodes Langtiedsgedächtnis hefft. Anners wurrn de Minschen nämlich vuhungert oder vufroorn. De Manns harrn dat Joogen un Füerböten elkeen Dag nee leern müss. Gottloov hebbt de Oktopusse mi nu een goodes Argument leebert!

Een bekennenden Klockenfetischist

Ik mütt togeben, ik heff een heemlichen Droom: Mol een vun de ganz schlichten ober richtig düüren Armbandklocken so ganz lässig mit mi rüm to dreegen. Een vun de, de soveel kösten deiht, dat een sik för dat Geld ok glatt een Auto keupen kann.

Jo Lüüd, ik bün een bekennenden Klockenfetischist. Genau mütt se gohn. Dröff obers nich ober Funk stüert warrn un ok keen Batterie hebben. Sowat hett natürlich sienen Pries. Ober ik segg jo, wenn ik mol in dat Lotto gewinn, denn slog ik to.

Wieldess stickt mi mol de een oder de anner prieswertere Klock in't Oog. De »G-Schock« to'n Bispeel. Man dor is Inge för. »So een grooten Apparot passt nich to di. Un schüert sowieso de Manschetten koputt!« So blifft ok nich blots mangels Lottogewinn so mennigeen Droom unerfüllt.

Een Klock obers heff ik, de is mi de leevste. Heff ehr vun Kollegen as Jubiläumsgeschenk kreegen.

Se hangt in mien Büro un pingelt mit een fienes Pingeln un so, dat alle Lüüd, de nich na See fohrn hebbt, opmarkt. Glasentied is dat. Wedderholt sik alle veer Stünn, söss mol an ’n Dag, elkmool no acht Glasen! Optrocken will se warrn un is, mang all dat moderne Computergewese een Erinnerung an de Tied, as dat twors ok um Genauigkeit ober noch nich um Millisekunden güng. Ob de, de se schenkt hebbt, weet, woveel mi de Klock nu bedüüd? Dat Optrekken seggt mi jümmers wedder, dat de Tied aflöppt un dat een nich veel dorbi mooken kann. Lebenstied gifft nich torüch. *De* Klock kannst du nich optrecken. Un dat Pingeln erinnert mi, dat een sik de Tied indeeln mütt, so as de Wachen op See, wat mi nich jümmers gelingt. Ober wokeen is al perfekt? Mit mien Vörleev för oldbacksche Klocken bün ik nich alleen, dorbin heff ik veele Macker. Wo mag dat an liggen? Villicht an dat Lengen na Tieden mit Tied?

Christl wür gauer!

In de olen Tieden geev dat de Christl vun de Post. Ober de is, glööv ik, vun de Düütsche Post AG all lang in'n Vörruhestand schickt worrn. Nämlich, as dat de Christl noch geben hett, dor »kunnst di op – verloot di to!« is een Breev vun Finkwarder na Horborg man bloots een Dag op Reis' ween un den nächsten Morgen ankomen.
Dat is hüt ok so, seggt natürlich de Oberpostbüdels. Man blots, kann mi een mol verklookfiedeln, worüm dat twüschen Finkwarder, Moorborg un Horborg nich klappt? Kann ne angohn? Passt mol op! Annerlest obends harr ik wat intotüten un na mien Jung to schicken. Vun hier na dor, Finkwarder na Horborg. Heff noch öberleggt, sülms gau to fohrn. Obers wi hebbt jo de Post un dat köst jo doch weniger. Un is jo ok ökologisch. Ik also na dat Postamt. Leider wür dat eben na teihn obends worrn. Jüst neih de Postmann mit dat geele Auto aff, as würn de Udls achter em ran. De letzte Breevkassen

op uns Insel wür also leddig för düssen Dag. Wat nu?
In Moorborg is dat groote Zentrum. Dor, hett mi een seggt, geiht dien Breev de ganze Nacht lang weg. Fleitjepiepen! Vun wegen ganze Nacht. Ok dor is mol Schluß mit Deenstleistung. Nämlich Klock ölben obends. Obers ik wür jo nu so bi halbig dor. Kunn also nix mallörn.
Annern Dag ober keen Breev in Horborg. Nochmol Fleitjepiepen! So, nu komt jü! Jo jü Oberpostbüdels vun de Post AG meen ik! Ik bün nämlich suur. De Bayern kriegt Vorzugsbehandlung. Dat mütt so ween! Lest reep een in't Amt an. Ut München. Seggt: »Ik smiet dat glieks in de Post, denn hesst du dat övermorgen. Annern Dag wür dat hier!

Een plietschen Jung!

Indem ik schriev, sitt lütt Rune blang mi un töövt vull Ungedüür. Opa sall em een Fohn basteln un dat is jo veel wichtiger as de Geschicht. He hett so allerhand Argumente dorför, dat nu un stantepee antofangen! Lütte Kinner könt jo so plietsch ween!

Dorbi fallt mi de Geschicht in, de uns güstern so to'n Lachen bröcht hett. Wi harrn uns de niege Toilettenanloog op den Finkwarder Kulturdamper ankeken. Een technisches Wunnerwark mit'n lütt biologisches Klärwerk dorbi. Dormit kann denn dat Restwoter wedder in de Ilv inleit warrn. Ober dorüm geiht hier nich. Mi wür opfulln, dat de Installateure in dat Herren WC mol wedder nich an de lütten Jungs dacht harrn.

Un bi dat hen un her doröber, worüm dat eegentlich ween schull, keum Fredi denn mit düsse Geschicht rut: He hett een lütten Grootneffen un de weur bi Uroma to Beseuk. Mitmool fallt em in: »Du Oma, ik mutt mool pieschern!« Oma geiht denn jo ok mit, man dormit nich genoog, de lütt Kierl wull denn ok, dat Oma em hölpt, dormit nix mallört un blangbi geiht. Oma diskureert noch een beeten, un wat he dat doch säker sülms kunn, man de lütt Buttje lött sich nich dor op in. As nu dat Geschäft erledigt, de Büxen wedder hochtrokken sünd, will he natürlich affsuusen. Man Oma kriegt em faat un seggt: »Nix dor, mien Jung! Ierstmol de Han'n waschen!« Un kriegt as Antwort: »Ik heff doch nix anfoot, Oma!« Een wohre Geschicht. Un nu vutell mi noch eenmol, lütte Görn sünd nich plietsch!

Glovenssook Mütz

Nich umsünst is för uns Mannslüüd hier an de Küst so een blaue Mütz wichtig. Wat för een, is jo Glovenssook. De een glövt an Elbseglers, de anner an Helgolanner Lotsenmützen, de drütte an Prinz Heinrich un de anner an een richtige Schippermütz. Is jo ok eendoon. Wenn dat dor blots nich so veele vun geev. Wenn du irgendwo büst, Vusammlung, Vureen oder Hochtied, sünd dor doch jümmers meist twee oder mehr mit dat sülbige Modell. Un ik bün op de Ort nu all den drütten Elvsegler los worrn. Een, den ik just so leev gewunnen harr, he harr jüst de richtige Schedderigkeit un Passform. Dat mark ik jümmers denn, wenn Inge meent, dat ik mi bald mol een niege gönnen mutt. Ik harr em nich mit na den neegentigsten Geburtsdag nehmen schullt, wo ik den Börgermeister sien Glückwunsch öberbringen müss.

As wenn ik dat ohnt heff, dach ik noch so bi mi, as ik dor in de Dör keum un al de blauen Baffis sehn heff: »Wenn dat man good geiht, Hansen!« Un richtig, weg wür de Mutz achteran. Liekers ik doch extra mit swatte Wäschetinte »Hand aff« un denn ok noch Nomen un Titel un Telefon dor bin verewigt heff.

Nu teuv ik all twee Weeken op een Reaktion op düssen »Deenstunfall« vun mien Elvsegler. Denn as Amtsperson kunn ik mi doch nich eenfach een vun de annern Mützen schnappen. Mol dorvun aff, dat son Ding ok passen sall. Also, du leebe Gast, de nu een vukiehrte Mutz hett: »Ik harr se giern wedder! Dat geiht ok anonym. Mien Amt hett een grooten Breevkassen. De Hansestadt ward mi dat Ding ok nich ersetten. Is jo ok nich mit Geld to betolen, so een fiene Mütz!«

Modder, uns Herrgott un Wust

Nu hebbt wi dat! Nichmol op dat, wat op de Wustvupackung steiht, kann een sik verloten. Dacht heff ik mi dat jo al lang mol, nahdem dat ik bi dat Inkeupen vun Putenwust mol rein tofällig op dat Etikett leest harr, wat dor ok anneres Fleesch mit bin is. Ober dat hett denn jo wenigstens dor op stohn.

So lang as wi in Dütschland uns noch free vun Koh-Malligkeit föhln kunn, hebbt se dat Rindfleesch jo nich verheimlichen müsst. So kunn een jo ok glöven, wat schreeben stünn.

Man nu? Nu kummt mi miteens wedder een vun Modder ehr plattdüütsche Weisheiten in'n Sinn, mit de se uns för dat Leben versorgt un ehr Leben meistert hett: »Uns Herrgott«, so hett se oftins seggt, »weet allns, man nich, wat in de Wust is.« Em kunn ober holpen warrn. Wi hebbt nämlich de allerbesten Lebensmittelgesetze. Is allns bin regelt, jo! Een Bispeel: Will een vun uns Froons de sülmst kookte Brombeermarmelood op den

Wohltätigkeitsbasar verkeupen, mütt se weeten: Eegentlich dröff se dat sowieso nich sünner een Gesundheitstüchnis, un denn mütt ok dat Etikett nich blots Brombeer 99 stohn, nee dor sall allns op ween, wat in de Marmelood bin is un bobento noch woveel un vun wat un woneem de Brommelbeern herkomt. Ward de Froo erwischt, köst dat miehr Stroofgeld as de Basar wert is.
Man wat nützt düsse besten Gesetze för de Wust, wenn enkelte Grootslachters denkt, de sünd nich för jüm mookt: Wenn se, wenn de Herrgott jüst mol wedder nich kieken deiht, allns in de Wust geevt, wat in de Slachteree just so rümliggt un weg mütt. Hett dat dor nich fröher mol de Beteeknung »Ehrbores Handwark« geben? Ik meen, de Slachterinnungsmitglieder schulln de swatten Schoop, de jüm alltohoop in een scheebes Licht sett, rutsmieten.
Un ok wi, äs de »Zielgrupp« vun Futtermehl-, Rindveeh- un Wustproduzenten, wi schulln nich resigneern för all de kriminellen Mookenschaften. Denn liekers dat jo nu anschiens, doch noch unwohrschienlich is, wat een dör Rindfleesch eeten to Schoden kummt, hier mütt gelln: De Markt regelt dat. Deswegen möt wi ok vun Politik un Behörden verlangen, dat de Etikettenswindlers nömt ward. Se möt nämlich marken, wat Modder ok seggt hett: »Dat is Schiet, wenn een mit Dreck hannelt!«

Froons un Frust

Frust hebbt de olen Plattdütschen noch ne kennt. Hüt weet ober jedereen, wat dat is un weet ok, dormit mütt man richtig ümgohn, sünst verdarvst du di den ganzen Dag.
Froons, dat is ok so een moderne Erkenntnis, hebbt een annere Art mit Frust ümtogohn as wi Manns. Dat hett angeevlich nix dormit to kriegen, wat se ok een annere Art von Logik hebbt. Se vutellt di ok gern, wat se so mookt, wenn se Frust hebbt. De een lett sik de Hoor anners mooken, de annere geiht konditern, un wat dat nich noch allns gifft. Mien Kollegin Helga harr annerlest Frust. Hett denn to ehre Mannschaft seggt: »Also ik goh jetzt mol rut un keup mi wat to Bieten, mol seen, entweder Joghurt oder Aant!«
De Bemerkung vun een Jungkierl, wat dat doch nu twee ganz vuschiedene Richtungen sünd, hett ehr nich interesseert. Över ehrn Frust harr se ober meist vugeeten, dat se sik jo eegentlich in de Büx

rin hungern wull, de ehr, all so'n beeten knartsch vörkeumen.
Also nix Aant! Ober noch Frust! Nu wür jüst Utverkoop. Un een jümmers probates Mittel gegen Froonfrust is doch Schöh to keupen! Alleen dat Anprobeern sall al hölpen! Helga güng dat in't Schohgeschäft al beeter. Liekers se keen Erfolg mit de Schoh-Idee harr.
De hett sik in de Parföngaffdeelung instellt. »Stell di vör«, seggt se, »düt Parföng, du kennst wiss de Marke, ik heff de nu jüst vugeeten, ober dat rükt so, as wenn du in de kathoolsche Kark büst. Weihrauch un so, versteihst du?« Ja, un dat wür nu dol sett vun neegenuntwintig op neegen Euro. Un Helga hett dorüm ok gliek twee Buddels nomen. Weg weur de Frust.
Nu verstoh du as Mann mol de Logik, de dor achter sitt! Ach so, eeten hett se denn Sushi!

Oberhemdenrecycling

Siet mien Inge dat Patchworken un Quilten entdeckt hett, gifft dat bi uns een grooten Bedarf an Stoff vun jede Art. Um as Patchworkerin kreativ to ween, bruukt Patchworkfroons Stoffe mit Musters – un dorvun genau so veel vuschiedene as een Kunstmoler Farben un Pinsel hebben mütt, wenn he sien Kreativität rutloten will.

Wenn mien Inge nu mang Froons, so ton Bispeel bi den Ingelsch-Klönsnack, ober ehr Hobby swärmt, denn hett se forts ok jümmers jede Menge Angebote. Anschiens hebbt veele Froons groote Hemmungen, sik vun ole Plünn' to veraffscheeden, de mol veel Geld köst hebbt. Un so sammelt sik dat! Wenn jüm denn so een Patchworkerin in de Mööt kummt, denn so mookt dat jo miteens Sinn, wat wech to geben. Dor ward jo denn, dat is de Ursprung vun dat patchen un quilten, ut vuschiedene ole Sooken, wat wunnerbor Nieges un sogor ok Kunst! De Toleranzschwelle vun een Mann, de dat mit een Patchworkaholicerin to doon hett, mütt allerdings ganz scheun hoch ween. Denn beför dat Kunst ward, is jo de ganze privote Lebensbereich vull Plünnen un Stoffreste, de vigelliensch sneeden, sorteert, tohoopleggt, trennt, heftet, wuschen, drögt, wedder tohoopleggt, tohoopprünt, vun Hand quilted, ophangt, fotografeert un »wat nich noch allns« wann schall.

Dat bereitwillige Wechschenken vun Tüch kann ok mennigmol Probleme mooken: Annerlest bi uns in de Harmonie snackt mi Sangesbruur Bruno an. Sien Fro is mit Inge in de Ingelsch Grupp. »So!« seggt Bruno: »Nu hett dien Inge all mien scheune ole Oberhemden! Un, Renate hett mi nichmol miehr in de Tüt kieken loten, wat ik dor noch een vun bruuken kunn!« He wür vubeestert! Villicht wiel se ok seggt hett: »De kriggt Inge nu! Dor passt dien Buuk sowieso nich mihr rin!« He kennt eben nix vun de Patchworkeree, de so'n lütt beeten in jede Fro stickt. Un wenn dat blots üm Oberhemdenrecycling geiht!

Een Geschenk

Se ward düt nich lesen könen. Se is Portugiesin, de Reinmookefro in uns Büro. Wenn du so um un bi veerteihn Johr in dat sülbe Büro arbeiten deihst, hest du schon so allerlei beleevt mit Minschen, de achter di ran rein mookt.

Uns Anita is de absolute Spitzenkraft. Een »Perle« as man so seggt. Un jümmers fründlich. Ehr Lachen un ehre Fründlichkeit stickt an. Dat Geschirr mit affwaschen, wat vun den Dag stohn bleeben is, keen Problem. Wenn Sitzung ween is, un de Sool vull Schiet pedd, mookt nix.

Wat mookt eegentlich, heff ik mi froogt, dat düsse Froo so bannig tofreeden mit ehre Arbeit is, dat se vun ehre Freid un Fröhlichkeit dorbi noch wat affgeben kann? Un worüm hebbt sik annere bi den sülben Job nich so freit? Anita vudeent nich mihr Gild. Se mutt ok mehr mooken, jedenfalls as uns fröhere, fast angestellte Froons, indem dat jo nu een privote Firma för uns tostännig is. Mookt dat de südländische Art? Oder is dat ganz eenfach

so, dat de Minschen ut de ärmeren Gegenden Europa sik noch een annere Art un Wies bewohrt hebbt, tofreeden to ween?
Ober villicht liggt dat Geheemnis noch ganz woanners, sitt dat ganz deep in manche Minschen, düt Weeten dorüm, womit un wann man tofreeden ween mütt. Scheun is, wenn so een Minsch di bemööten deiht. Noch scheuner, wenn du elkeen Dag een beeten vun dat Lächeln affkriggst, mit dat se oder he dör dat Leben geiht. Manche Minschen, so as uns Anita, sünd een Geschenk an ehre Umgebung.

Vun de annere Siet

Bi good Wetter is dat jo keen Wunner, wat een poor miehr Minschen vun de Nurdensiet vun de Ilv hier na uns, naht Süden, röberkomt. Mol an de Ilv sitten, sik in Olland ünner de Obstbeum an Plummenkoken un Koffie to delekteern oder Schatten in de Horborger Wälder, dat hett jo ok wat. Is jüm gönnt. Ik heff eegentlich ok gor keen Vörurdeel gegen bestimmte Vorzeigehanseotinnen ut Blanknees, Nienstedten un Flottbek. Ganz bestimmt nich! Man eenige vun jüm passt natürlich so dull in mien Bild, as'n Deckel op'n Putt.
So hett Inge annerlest bi uns op'n Markt een Verkloorung vun een mittelöllerliche »Dame« hürt. De un ehr Modder würn woll för »Scholle op Finkwarder mit Ilvblick« per Damper vun de anner Siet togereist. Dat kunnst ok all an de Kleedoosch sehn. Seggt Inge! Froons hebbt jo düssen gewissen Blick dorför, sünnerlich wenn se annere Froons ehre Klamotten ankiekt! Wat Inge nu hürt hett, wür folgendes: »Und dieses hier, Mama, ist

em ganz nüdlicher kleiner Maakt. Hier kriegst du zwar nich alles; aber für die Loite hier is dascha vollkomm' ausreichend!« Nu bün ik doch bannig unseeker, ob nich achter uns Vörurdeele doch sowat as een beeten Wohrheit sitt!

Leben as Strohwitwer

Jümmers wenn wi mang Mannslüüd dor op to snacken komt, dat ik in'n Momang Strohwitwer bün, kriegt wölke vun de Kollegen so een gewissen Smuustergrientje. De een oder anner seggt denn ok sowat as: »Denn hest du jo nu ›sturmfreie Bude‹!« Wenn de man wüssen wo een dat wirklich so geiht mit dat lütt beeten Huushold. Inkeupen, Eeten koken oder tominnst warm mooken, Geschirrspeuler bedeenen, Plünnen waschen, Stoff wischen un suugen, Footbodden wischen un un! Een kümmt to nich veel mihr den Dag över!
Ik will ober nich jammern. Dat Ganze hett, för di as een Mann, wenn du sünst een annere Arbeitsdeelung mit dien Fro hest, nämlich ok een grooten Vördeel: Du leernst nämlich endlich mol twee dree Sooken. Kloor, een weet jo – in'n Achterkupp – wat so allns in't Huus passeert. Ober wenn een alleen dormit ansitt, denn süht dat doch een beeten anners ut. Dat is dat Eene! De annere Vördeel is: Du markst woveel Technik in so een ganz

normolen Huushold introcken is, siet diene Junggesellentied!

Nu heff ik dat jo noch good, bün Pensionär un heff Tied! Üm so miehr Respekt heff ik för all de Minschen, meist Froons – de blang allns wat ik in düsse Doog so beleev noch arbeiten mööt! Un ik meen so een poor Doog as Strohwitwer, dat deiht wiss ok mennigeen annern olen Ehemann mool ganz good!

Wat mi angeiht, ik heff mi fast vörnohmen, wenn düsse Tied vörbi is, doch aff un an mool vun mien Computerarbeit op Huusmann ümtoschalten! Ober een weet jo ok, woans dat mit de Vörsätze so is! Neejohrsmorgen is jo noch nich so lang her!

Swien un dat Lesen

»Dat kann jo keen Swien lesen«, seggt mi hüt noch oftins Lüüd, wenn ik jüm gau mol handschriftlich wat tostüer. Ober ik kann ok beeter. Mien Lehrer hett dat neemli ok jümmers seggt. Un hett mi denn to sien »Schreibverein« verdunnert. So heff ik nu een Alldags- un een Sündagsschrift. Hett jo ok ne jedereen!

Ober wo kummt dat mit de Swien her? Hebbt de jemools lesen kunnt? Annerlest bün ik endlich dor achter komen. In een oles Book vun Carl Hein mit den scheunen Titel »Mitt'n Zisslaweng«. Gifft woll blots noch antik. Also, mit de Swien un dat Lesen hett dat düt hier op sük: Dor hett dat in Dithmarschen een ganz klooke Familie geben, de hett »Swyn« heeten. Se stünn in hooges Anseen bi alle Lüüd. Un wenn nu sülmst een »Swyn« een Schriftstück nich hett entziffern kunnt denn so hebbt de Dithmarschers seggt: »Dat kann jo keen Swyn lesen.« Un weurn dormit trecht!

Nu stellt ju mool vör, de amtlichen Verfügungen

vun hüttodoogs weurn noch mit de Hand schreeben. Woveel Arger kunn wi uns den spoorn. Denn freuher sind jo blots de wirklich ganz wichtigen Sooken in Reinschrift verfügt worrn. Dorför harrn se Schriebers. För alles annere to lesen, hest du Lüüd äs de Swyns bruukt. Un wenn de dat nich kunn?

To scheun, düsse Geschicht! Öbrigens: Wokeen, nahdem dat he blitzt weur; keen amtliches »Computerschrieben mit Bewiesfoto« kriggt, de hett jo ok »Swien« hatt. Man dat hett nu wedder nix mit de Dithmarschers, ober veel mit de Schütten to doon. Un dorvun gifft jo bi uns een Barg. Weur obers freuher dat Gegendeel vun Glück hebben. In oole Tieden geev dat neemli för den Schütten, de an'n leegsten schooten harr, as Trostpries een lüttes Swien. So könt sik de Tieden ännern.

Wullmelkssöög

Aff un an verlohnt dat jo, morgens twüschen den iersten Putt Kaffee un na dat Finanzamt regeln, bi dat Rasiern nipp totohürn, wat dor in't Radio so an Tokunft utmoolt ward. Vundoog keum de Meldung, wat dat tokünftig Mikrowellen geben schall, mit de kannst du denn ok in't Internet rin, un to'n Bispeel mol so eben de Saak mit de Banköberwiesung regeln. Ik heff mol wedder mien Johrn (nu wiet ober sößtig) markt. Un dorbi bün ik bang worrn. Fernkieken schall sachs ok noch op de Mattschiev vun de Mikrowelle meuglich ween. Nu stell sik een dat mol för: Könt ji dat vustoohn?

Eegentlich bün ik jo mit de Computeree, sowiet as ik dat mütt, bit hierhen ganz good trecht komen. Ober in Tokunft? In de Glotze löppt Schimmi oder de Lindenstroot. Modders is an't plätten un kiekt, hett obers ok den Gockel in de Mikrowelle. Denn fallt ehr in, se mütt ja noch dat Kleed vun Quellermann ober Internet ordern.

Wat dor wull vun warrn schall? Neemli, wat mien Inge un ik sünd, wi hebbt all een Problem, wenn mol kort de Strom affulln is un de Tallen an de Backobenklock de vukiehrte Tied wiest. Jedes mool mütt ik denn hölpen. Man dat geiht ok nich, sünner in dat Book to kieken, wiel een dorför, mit Spreizfingers as Gottfried de Pianist, dree Knöp in den sülbigen Momang drücken schall. Un nu noch eierleggende Wullmelksöög (eierlegende Wollmilchsäue) in de Kök? Nee, goh mi aff!

De geföhlte Küll

Dat Wetter is ok nich miehr so, as dat mol wür, wüllt uns eenige vun de kloken Wind- un Wulkenkiekers wies moken. Annere wedder weet dor nix vun aff. Een Deel weet wi obers siet körtens: De Wetterbericht in't Radio hett sik all vuännert.

Miteens heurt wi nu ok wat vun »Geföhlte Küll«. Un de is jümmers een beeten wat sieter as dat, wat meeten ward. Wiss fragt sick veele Lüüd, wokeen dat woll bestimmen deiht un woans de Meteorologie dat minschliche Föhlen so batz ober een Liesten slogen kann. In't Blatt stünn, se geevt een Formel in den Computer, un denn kummt dat dorbi rut. Nee, goh mi aff! Duert nich miehr lang, denn schrieft uns de Moschiens noch för, wat wi elkeen Morgen anplünnern schöllt.

Nich mit mi! Un ganz blangnbi: Geföhlte Küll, is doch – tominnst för vuheirodte Mannslüüd – ganz wat anners! Oder wärmt joon Froons nich

ok geern jemmer obendkolden Feut ünner joon Bettdeek?
Wenn du dorbi keen Geföhl för Küll kriegen deihst, denn hölpt di ok keen Computer nich!

Utstüer för een Queen Mum

Op Finkwarder ward een neegentigsten Geburtstag meist jümmers noch groot fiert. Mit Kinner, Kinnerskinner, Urenkel; Süsters- un Bruurskinner, Frünn und Nahbers. So bi eenhunnert Lüüd komt dor mennigmool leifig tohoop, wenn de Jubilare noch so kregel as Line sünd.

So as Queen Mum bi de Windsors stüert Line woll noch son beeten allns mit, wat so um ehr rüm passeert! Dat hett se all jümmers kunnt un müsst. Hett as junge Deern in een fienes Hamborger Kontor leert, mit Tallen un Gild ümtogohn. Hett as Kopteinsfroo für den Husboo op Finkenwarder de Booherrin speelt. Müss blangbi oppassen, wat ut de Kinner ok wat ward, un in de slechte Tied sehn, wat se nich een poor Bund Ool gegen een Kuffermationsantog tuuschen kunn.

Man kann't nich anners seggen: Line hett sik un annere ok in slechte Tieden jümmers to hölpen wusst. An ehrn neegentigsten geev dat mol wedder een Bewies. Een vun ehre Nichten schenk ehr een Dischdook. Nich irgend so'n neemoodsches. Nee, Line-Tante ehr Hochtiedsgeschenk an de junge Froo vun 54 Johr torüch. Se harr't ut de eegen Vorkriegsutstüer nehmen musst. De Bruutmodder, Lines Süster, sä ober tomools bi 't Utpacken. »Dat schoon man nu leeber, dat Waschpulver is hüttodags nich so good!« Bi dat Schoonen is dat bleeben. Line hett nu mit neegentig noch wat vun ehr eegen Utstüer! Wo heet dat noch so scheun: Wokeen giern gifft ... Dat gilt sachs ok för Queen Mums.

All wedder Matjestied

Nu is jo för de Fischgeneeter de sösste Johrstied angohn. Na de Maischullen is dat de Matjestied. Un hebbt ji dat markt? So as de Franzosen mit jümmern Buschelusche-Wien, so mookt de Hollandsmänner dat nu mit den Matjes. Ierst an een ganz bestimmten Dag ward he free geben.

Dat weur leste Weck Middweeken. Peter, de Hamborger PR-Minsch, för de Fischvukeupers harr wedderüm fix Terminnot dormit. Sien Mallör is, dat he sik een Ruf as Matjesexpert anarbeit hett. Un överall wulln's em an düssen Dag dorbi hebben. Obers nu eet du mol dreemol achternanner een half Dutzend Matjes un bobento noch Bilagen!

Peter is de Matjesexpert. Een Matjes, seggt he, dat is jo man leev keen eenfachen solten Hiern, so as wi em dat ganze Johr ober allerweegens as Matjes serveert kriegt. Matjes, dat sünd de Jungfroons ünner de Hiern. Un de Jungfroonschaft holt jo ok

mang de Fisch meist nich so lang an. Also kann't jüm ok nich dat ganze Johr lang geben.
Eegentlich kunn een dat jo schietegal ween. Wenn se blots nich wiet un siet soon Gedöns dorvun mooken weurn, wat wi nu un just nu, na hier oder dor hen mööt, um de besten Matjes to kriegen. Wiß ward een ober in de meesten Lokale, so bi twee, dree Weeken na de Matjesweeken, noch jümmers »ganz frische« Matjes serveert! Ik glööv, Willem Beukelszoon (de hett, so seggt Peter, um 1390 rüm Matjes un Bückel as Jedermanns-Eeten erfunn) weur sik bannig wunnern to heurn, wat sien »Erfindung« doch hüt noch bewirken deit.

De Tropenturbo

Kortens ierst heff ik lehrt, dat Maskeroodenparties ok bi uns junge Lüüd wedder in sünd. Een Jungkerl ut Horborg, den alle Welt blots T. C. (TieCie) nömt, is dorbi lestes Johr een Geschicht passeert, de sien Frünn noch hüt amüseert.
Dat so'n Jungkierl annern Morgen mit een Diern opwookt, de he obends noch nich inploont harr, kümmt jo för. Man T. C. is eegentlich keen Spontityp. Also, he wür düssen Obend äs »Hoogan mit de Kedensoog« los gohn. Junge Lüüd kennt de Figur. Mit veel düres Theoterbloot harr he den Indruck vun »Forts de Sanis roopen«, den he mooken wull, fix nahholpen. Nahdem de annem Gäst den iersten Indruck hatt harrn, kunn he sik dat Gefriergedränk widmen. De Tropendrink heur to düssen Obend. Eegentlich is T. C. ober Beerdrinker. Nu kannst di dat al utmooln. He hett den Tropenturbo wegneiht as sünst dat Astra. Keen Wunner, dat he to Hus swor as'n Steen op'n Bett full un forts to Sloop keum.

Een Stünn later bimmel em obers een vun de Partiekumpels ruut. De harr sik tohuus utsloten un froog vun wegen Asyl. He wür as Krankenswester gohn. Dorto geheur ok de BH, de T. C. an'n annern Morgen as Erstes in't Oog füll. Blang düt Froonslüüdsutensil keek een Wuschel vun blonde Hoor ünner de tweete deek ruut. In T. C.s Kopp romentern nu blang den gräsigen Hoorbüdel diverse Fraagteeken. BH 54? Blond? Wat is passeert? Dat Radel hett sik leust. De Kumpel harr dat füllte Geschirr affleggt as he keen Koppküssen fünn. Dat Ganze, ok de Bimmelee, harr T. C. in sien Tropenturbo-brand un Halfsloop ne ganz mitkreegen. Man dütt Johr seggt he: »Maskerood jo! Ober goh mi aff mit Mixgetränke!«

Scheune Opgoov!

Dor hebbt Inge un ik jümmers dacht, dat duurt noch wat, bit ut uns Grootöllern ward. De jungen Lüüd un sünnerlich de jungen Mannslüüd hebbt dat jo hütigendags nich so hild mit Hochtied un Kinner kriegen. Ün wi hebbt twee Jungs. Man anners speelt oft dat Leben. Siet güstern nämlich is uns Fomilie amtlich grötter worrn un hebbt wi nu nich blots een Swiegerdochter, nee, wi hebbt ok noch een plietsche Horborger Deern vun ölben Johr as Enkelkind bobento. Wi freit uns natürlich, un ik wür ehr hier ok giern all mit Nomen vörstellen. Man ik heff mit ehr noch nich besnacken kunnt, ob ehr dat ok recht is. Un een sall jo mit Kinner genau so ümgohn, as een sülms dat giern hebben much.

Wenn di in uns Öller so teemlich unversehns passeert, dat een Kind, för dat du dorto nu een Stück Vuantwortung mit hest, blang di steiht, denn markst du, wat so Eeniges an di vörbi loopen is: Musik, de jüst bi Teenies in is, Nintendo Speele,

Pokemon, Harry Potter! Du markst, wo düer een Kugel Is worrn is, woveel mehr de Beseuk vun dat Vogelscheeten bi di to Book sleit. Jo, un denn denkst du ober miteens ok an de Tied, as diene Görn lütt würn un du di so mennigmol argert hest, wenn jümmer Oma un Opa all diene »Erziehungsprinzipien« mol wedder öbern Hupen smeeten harrn. Un nimmst di vör: dat blots nich beeter to moken. Wiel dat du jo vun jüm un diene Kinner ok leert hest, wo wichtig dat för Kinnerharten is. Se mööt blang de Öllern noch een Hoben to hebben, de anstüert warrn kann un wo dat Fohrwoter een beeten wat ruhiger is.
Miteens steiht dat allns blang di, wenn di een grötteres Enkelkind schenkt ward: Dat scheune Gefeul vun een kindliches Totruun un een Leev, beides dröffst du nich enttäuschen. Wi freit uns op de Opgoov. Un wi feult uns beschenkt!